ÉTUDE

SUR LE

COMBAT DE NOISSEVILLE

PAR

UN COLONEL D'INFANTERIE

PARIS
LIBRAIRIE MILITAIRE DE L. BAUDOIN
IMPRIMEUR-ÉDITEUR
30, Rue et Passage Dauphine, 30

1891

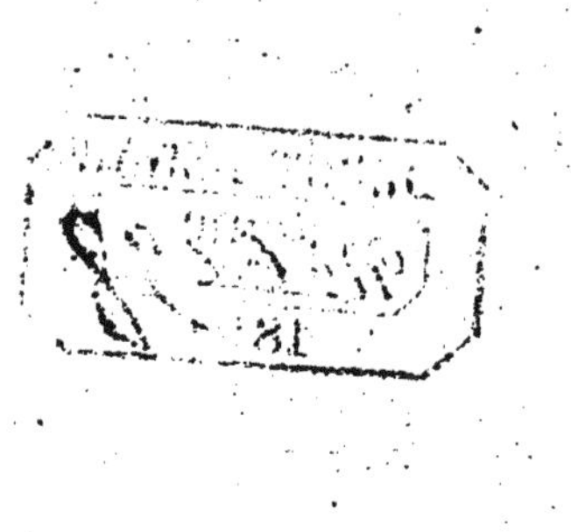

ÉTUDE

SUR LE

COMBAT DE NOISSEVILLE

PARIS. — IMPRIMERIE L. BAUDOIN, 2, RUE CHRISTINE.

ETUDE

SUR LE

COMBAT DE NOISSEVILLE

PAR

UN COLONEL D'INFANTERIE

PARIS
LIBRAIRIE MILITAIRE DE L. BAUDOIN
IMPRIMEUR-ÉDITEUR
30, Rue et Passage Dauphine, 30

1891

ÉTUDE

SUR LE

COMBAT DE NOISSEVILLE

Dans le but de compléter les enseignements tactiques résultant de la guerre de 1870-71 pour le combat défensif, le grand état-major allemand a publié, il y a deux ans, une monographie des combats livrés sous Metz, le 31 août, à Servigny et à Noisseville.

On a choisi ces épisodes pour mettre en relief l'importance des résultats dus à l'initiative et à l'opiniâtreté d'officiers d'un grade peu élevé, laissés souvent à leur propre inspiration. De ce côté, l'enseignement est complet. Pour la tactique proprement dite du combat défensif, peu de choses à relever, qui ne soient dans nos divers règlements.

Cependant, il n'est pas sans intérêt, pour nous, d'étudier les dispositions prises pour l'attaque de positions, dont la défense, préparée d'avance, a été aussi sérieuse; de rechercher si des succès obtenus n'ont pas été la conséquence de formations particulières, si enfin, dans les conditions nouvelles de la guerre future, on pourrait encore y avoir recours.

Plus de vingt ans se sont écoulés; un nouvel armement a été adopté, et nous assistons aux hésitations, aux appréhensions même, qu'ont toujours fait naître un perfectionnement important dans l'armement ou l'emploi d'un nouvel engin, tant que l'expérience d'une guerre n'en a pas exactement déterminé la puissance.

On se rappelle encore tout ce qui a été dit en 1870 au sujet des mitrailleuses. Malgré les services incontestables qu'elles ont rendus, elles n'ont pas causé à l'ennemi les pertes énormes que l'on attendait et n'ont pas influé sur ses formations tactiques.

Le fusil à petit calibre et à tir rapide, la poudre sans fumée sont, il est vrai, des innovations autrement graves ; mais les changements, qui pourraient en résulter dans la tactique de l'infanterie, seront-ils aussi considérables que certains esprits le redoutent? En arrivera-t-on, pour se préserver du feu, à une dispersion si étendue et si prématurée que les combattants ne se présenteraient plus dans la zone du feu qu'en longues lignes minces, flottantes, sans cohésion et échappant à l'action des cadres?

Dans l'armée allemande, où cette question est agitée avec non moins d'ardeur que dans la nôtre, une personnalité des plus autorisées a déjà répondu par une négation formelle.

Pour le général Bronsart de Schellendorf, il faut « agir d'abord, se couvrir ensuite ». C'est le vieux cri : « En avant! » des victorieux, celui de Souwarow, celui des armées françaises au commencement du siècle.

« Si l'on introduit dans la tactique la nécessité d'éviter les pertes comme une obligation primordiale à observer, dit l'ancien ministre de la guerre d'Allemagne, il vaut infiniment mieux rester chez soi. » Et, tout en tenant compte des conditions nouvelles du champ de bataille, il répudie, pour les soutiens et surtout pour les réserves, la succession des lignes minces les unes derrière les autres ; il veut que les troupes soient conservées le plus longtemps possible à rangs serrés, même dans la zone du feu. Les quelques pertes, qui en résulteront dans les mouvements préliminaires, ne sont rien auprès de l'avantage de garder les hommes dans la main des chefs et de diriger leur action.

Il proscrit les feux d'infanterie aux grandes distances, sauf dans la défensive : c'est l'affaire de l'artillerie. Il ne les considère comme efficaces qu'à partir de 600 mètres, et l'assaillant en atténuera les effets, beaucoup plus redoutables qu'autrefois, par une marche en avant, rapide et sans arrêts.

Il est bien entendu que l'attaque sera toujours préparée par une intervention effective et puissante de l'artillerie, que l'on saura tirer parti des formes et des accidents du terrain ; car « si l'attaque prématurée est ordonnée en terrain découvert, ce sera un enterrement de première classe. »

Enfin, des formations à rangs serrés, très souples, capables d'avancer rapidement en profitant de tous les abris du terrain, doivent être préférées à toutes autres, jusqu'au moment d'entrer en action.

A ce point de vue, le combat de Noisseville a déjà attiré l'attention. Peu après la publication de la monographie du grand état-major allemand, M. le général Thoumas lui a consacré un article (journal *le Temps*, 3 octobre 1889), dans lequel il fait ressortir, avec sa haute compétence et son grand talent d'écrivain, la physionomie particulière de cet engagement. On y trouve un exemple frappant de l'emploi judicieux des petites colonnes. Leur souplesse, leur cohésion, la facilité qu'elles donnent de les abriter ou de les dissimuler, puis de les lancer sur un point déterminé de la ligne ennemie, ont été pour beaucoup dans le succès. Malgré les armes nouvelles, ces avantages n'ont pas disparu ; ils profiteront toujours aux troupes qui sauront les utiliser avec à-propos, car tout dépend des circonstances, et l'adoption d'un dispositif invariable, soit pour les marches d'approche, soit pour l'attaque, ne pourrait que fausser les esprits et préparer de graves mécomptes.

I.

A la fin d'août 1870, le secteur nord-est de la zone d'investissement, qui enveloppait Metz, s'arrêtait, du côté de la place, à une ligne de défense partant de la rive droite de la Moselle, à Malroy, et passant par Charly, Failly, Servigny, Noisseville et Montoy. Son développement était d'environ 10 kilomètres.

Cette ligne s'étendait sur un plateau légèrement incliné vers la Moselle, à pentes douces, d'un accès facile et traversé par les routes qui vont à Thionville et à la Sarre. Sa partie la plus élevée est près du village de Sainte-Barbe, à 12 kilomètres au nord-est de Metz. Plusieurs vallons assez profonds déterminent de longues croupes arrondies. La plus longue, orientée du nord-ouest au sud-est, part de Sainte-Barbe et porte à son extrémité occidentale le fort et le village de Saint-Julien. Limitée au nord par le ravin de Failly, au sud par le vallon de Vallières, large de deux kilomètres, sans obstacles naturels, elle peut être barrée par les villages de Failly, Poixe et Servigny.

Au sud de la croupe de Servigny, et perpendiculairement à sa direction, le terrain est coupé par le vallon du ruisseau de Lauvallier, affluent de celui de Vallières. Sa rive gauche appartient au petit plateau de Borny ; sur sa rive droite, se termine la croupe de Noisseville, parallèle à celle de Servigny, large de 1500 mètres et bornée au sud et à l'est par une dépression, qui a son origine à Rétonfey (3 kilomètres nord-est de Noisseville). Un petit ruisseau en occupe le fond et passe à Montoy.

En s'éloignant de Metz, la route de Sarrelouis franchit le ravin de Lauvallier au village du même nom, s'élève sur la croupe de Noisseville, à 1200 mètres du ravin passe au hameau de La Brasserie, laissant Noisseville sur la gauche, et continue vers le nord-est en suivant le dos d'âne du terrain.

Le hameau de La Brasserie, situé sur un point culminant, enfile la route depuis sa sortie du ravin et bat les glacis qu'elle parcourt. Ceux-ci, privés d'abris et éminemment favorables au tir de l'infanterie, sont encore vus en grande partie par Noisseville, qui est construit sur le versant nord. Le hameau et le village peuvent servir à barrer efficacement la croupe.

Le secteur, qui vient d'être décrit, était occupé par le Ier corps d'armée prussien (général de Manteuffel), renforcé par la 3e division de landwehr.

Cette division, chargée de la portion de la ligne comprise entre la Moselle et le vallon de Failly, se reliait, par sa gauche, à la 1re division d'infanterie, qui gardait Failly, Poixe, Servigny et Noisseville, organisés défensivement. Dans chacun des trois premiers villages était un bataillon relevé chaque jour; dans le quatrième un bataillon permanent.

Le reste de la 1re brigade (général de Gayl), formait la réserve d'avant-postes (2 bataillons), en arrière de Poixe.

La 2e brigade de la 1re division se tenait vers Sainte-Barbe.

La 2e division (3e et 4e brigades d'infanterie) couvrait les magasins de Courcelles-sur-Nied et de Remilly. La cavalerie divisionnaire fermait la trouée entre la 1re et la 2e divisions.

Telle était la situation du côté des Allemands, quand, le 31 août, l'armée française, voulant forcer le passage entre la route de Sarrelouis et la Moselle, pour gagner Thionville, vient se former en arc de cercle, face aux positions ennemies : la droite (3e corps) à cheval sur la route; la gauche (6e corps) appuyée à la Moselle, en avant du fort de Saint-Julien; le 4e corps, au centre, le 2e en réserve derrière le 3e, la garde sur les glacis du fort de Saint-

Julien, derrière le 6e. L'effort de l'armée française doit se porter sur la gauche allemande, à Failly, Servigny et Noisseville.

Dès le matin, les avant-postes allemands signalent des mouvements considérables de notre côté. Les garnisons des villages prennent, de suite, leurs emplacements de combat. La 3e brigade d'infanterie (général de Mémerty), composée des 4e et 44e régiments d'infanterie, de 5 escadrons et de 2 batteries, est appelée de Courcelles-sur-Nied à Rétonfey, pour soutenir Noisseville. L'occupation momentanée de cette localité, le 26 août, par les Français, avait montré toute son importance. Sa possession permettait à l'assaillant de déboucher par Château-Gras sur Sainte-Barbe, et faisait tomber une grande partie de la ligne de résistance. Aussi l'avait-on mise dans le meilleur état de défense possible. Formé de deux grandes rues se coupant à peu près à angle droit et bordées de maisons en pierre, le village présentait, à son entrée ouest, un château entouré d'un grand jardin clos de murs. A l'extrémité de la rue Nord-Sud, vers La Brasserie, l'église, entourée du cimetière, offrait un point d'appui solide. Des barricades avaient été établies à l'entrée de chacun des deux chemins; les murs, donnant sur l'extérieur, avaient été crénelés. Une tranchée-abri couvrait tout le front ouest et une partie du front sud; de ce côté, elle était renforcée par un abatis. L'entrée du chemin venant de La Brasserie était défendue, en avant de l'église, par un tambour. Dans certaines parties, les murs crénelés, en arrière des tranchées-abris, donnaient deux lignes de feu superposées.

Le hameau de La Brasserie, au sud et à quatre cents mètres de Noisseville, qu'il dominait un peu, avait été mis également en état de défense; les chemins d'accès étaient barricadés, les murs crénelés et garnis de banquettes pour les tireurs; la grosse ferme de l'Amitié dans l'angle nord-est de la route de Sarrelouis et du chemin de Noisseville, était barricadée et crénelée.

La défense de Noisseville avait été confiée à cinq compagnies du régiment des grenadiers Prince-Royal no 1. Deux compagnies bordaient, à l'ouest et au sud, la première enceinte d'un développement d'environ cinq cents mètres; une troisième, partagée en deux groupes, servait de soutien aux deux premières. La quatrième formait la réserve au saillant nord-est du village et détachait un peloton à La Brasserie. La cinquième compagnie, placée un peu en arrière et à droite de Noisseville, dans le vallon de Vallières, établissait sa liaison avec Servigny.

Le total de ces cinq compagnies montait à près de mille hommes ; elles étaient soutenues, à deux kilomètres et demi en arrière, par la brigade de Mémerty, arrivée à Rétonfey vers 1 heure. Enfin, un peu plus tard, des détachements de la 4e brigade venaient occuper Montoy et Flanville, à l'extrême gauche.

Vers 2 heures, la division Montaudon (1re du 3e corps) était rassemblée en arrière et à l'ouest du ravin de Lauvallier, la brigade Clinchant (81e et 95e) sur le côté nord de la route de Sarrelouis.

Le 95e, que commandait le colonel Davout, duc d'Auerstaedt, avait envoyé deux compagnies du 1er bataillon en tirailleurs sur les pentes opposées du ravin pour observer l'ennemi, et une troisième dans Lauvallier, pour s'en faire un point d'appui.

Une section [1] avait été reconnaître Noisseville et La Brasserie. Dans cette petite opération, menée avec beaucoup de méthode et de sang-froid, l'officier commandant la section avait pu s'avancer avec deux hommes jusqu'à deux cents mètres de La Brasserie. Il s'était assuré de la mise en état de défense de la localité, avait vu les obstacles créés et constaté leur occupation.

Il était environ 3 heures et demie quand la division Montaudon reçut l'ordre d'enlever les villages, que tenait l'aile gauche de l'ennemi. La 2e brigade avait pour objectifs Montoy et Flanville. A la 1re revenait la tâche de s'emparer de Noisseville, d'en déboucher et de pousser jusqu'au Château-Gras.

Cinq jours auparavant, le 95e avait momentanément stationné dans Noisseville. Le colonel en avait examiné les abords et s'était rendu compte des moyens de prendre le village sans trop de pertes. Pour cela, il fallait d'abord être maître de La Brasserie, afin d'agir sur le flanc des défenseurs et menacer leur retraite. Il résolut donc :

1° D'occuper l'ennemi par une démonstration sur le front ouest de Noisseville, faite par le 1er bataillon ;

2° Avec le 2e bataillon, d'enlever La Brasserie par une attaque enveloppante menée très brusquement ;

---

[1] Elle était commandée par le sous-lieutenant Ouizilleau.

3° De conserver le 3e bataillon en réserve dans le vallon de Lauvallier.

Le général Clinchant ayant approuvé ce projet, le colonel réunit ses officiers, leur annonce la mission du 95e, explique brièvement le but à atteindre, les formations à employer, le rôle que chacun aura à jouer.

Le coup de main sur La Brasserie doit être exécuté avec la plus grande vigueur. Le bataillon partira de l'embranchement des ravins de Lauvallier et de Montoy, afin d'aborder l'ennemi par sa gauche et de profiter d'une dépression qui débordera pendant quelque temps le mouvement à ses vues.

Les six compagnies formeront trois échelons en colonne de division, par sections. La compagnie étant forte d'environ 100 hommes et comprenant deux sections, chaque échelon constituera une petite colonne de quatre sections de vingt-cinq files à six pas l'une derrière l'autre. Cette disposition maintiendra la troupe dans la main des officiers et divisera l'attention de l'ennemi. Les échelons marcheront en avant, par la droite à 150 pas de distance et à 100 pas d'intervalle. Celui de droite, sur lequel les autres se régleront, prendra pour point de direction, un petit bouquet de bois planté un peu en arrière et à gauche du hameau. La section de tête de chaque échelon sera déployée en tirailleurs. La ligne ainsi formée sera sous les ordres d'un capitaine et tenue de 200 à 300 pas, en avant du bataillon, dont elle couvrira la marche. Elle attirera sur elle le feu de l'adversaire et, seule, y répondra. On marchera très rapidement pour ne pas laisser aux réserves ennemies le temps d'intervenir. La distance à parcourir étant de 1400 à 1500 mètres, dont 700 à 800 sous le feu, il faudra avancer, sans s'arrêter, jusqu'à 300 ou 400 mètres du hameau, prendre alors le pas gymnastique et se jeter résolument à la baïonnette sur l'ennemi. Défense absolue aux échelons de tirer un seul coup de fusil.

Le 1er bataillon, chargé de la démonstration sur le front ouest, aura trois compagnies en tirailleurs, deux autres, réunies en une colonne, constitueront une réserve, à la main du chef de bataillon. La sixième compagnie occupera une grosse ferme située sur le versant est du ravin de Lauvallier, près de la route, et la mettra en état de défense pour en faire un point d'appui en cas de retraite. Les tirailleurs ne s'avanceront pas à plus de

600 mètres de Noisseville; les compagnies de réserve s'abriteront derrière un léger relief du terrain. La démonstration se transformera en attaque, mais seulement après l'occupation de La Brasserie ; le général Clinchant en donnera le signal.

Le 3e bataillon restera jusqu'à nouvel ordre en réserve dans le ravin de Lauvallier.

Ces instructions données, le terrain sur lequel on aura à opérer étant bien déterminé, tous les rôles distribués et compris, on prend les dispositions préparatoires. Le général Clinchant, pour tromper l'ennemi, fait appuyer le 95e à gauche (vers le nord), le fait ensuite descendre dans le ravin par une « tête de colonne à droite », et dès qu'il a disparu aux vues de l'ennemi, l'achemine dans la direction du sud. Les 1er et 3e bataillons restent à hauteur des emplacements assignés à chacun d'eux. Le colonel franchit la route de Sarrelouis avec le 2e, l'amène à la fourche des vallons de Lauvallier et de Montoy et le dispose en ligne de colonnes.

Les autres corps de la division exécutaient aussi leurs mouvements préparatoires, et l'ennemi, qui les observait, se préparait à recevoir l'attaque.

Deux batteries allemandes, en position en avant de Rétonfey, commençaient à tirer. Une batterie française de 4 se porte en avant de Lauvallier et tente de les contrebattre, mais sans résultat. Elle va prendre, près de La Planchette, une deuxième position d'où elle tire d'enfilade sur de l'infanterie prussienne qu'on découvre entre Rétonfey et Noisseville. Au même moment, une batterie de 12 de la réserve du 3e corps, placée en arrière de La Planchette, tire sur Noisseville et y met le feu. Enfin, un coup de canon, parti du fort Saint-Julien, donne le signal de l'attaque pour toutes les divisions. Le colonel Davout enlève son 2e bataillon[1] aux commandements : « *Échelons par division à 150 pas. — En avant, par la droite, formez les échelons !* » Le mouvement s'exécute comme à la manœuvre ; les échelons subordonnés font mesurer leurs distances au pas. L'épée à la main, le colonel dirige le premier échelon.

La batterie française de 12, postée près de La Planchette, ouvre le feu sur La Brasserie, mais elle le cesse presque aussitôt, sur la

---

1 **Commandant de Linage.**

demande expresse qu'en fait le colonel du 95e au général commandant l'artillerie du 3e corps[1], afin que son feu ne gêne pas la marche de l'infanterie.

Cependant, le mouvement du 2e bataillon ne tarde pas à être découvert de La Brasserie. Ce poste est renforcé, d'abord par un deuxième peloton venu en hâte de Noisseville, puis par une compagnie entière, envoyée par le 4e régiment de grenadiers (brigade de Mémerty). En même temps, les batteries placées en avant de Rétonfey tirent sur l'assaillant.

La faible profondeur de chacune des trois colonnes, leurs grands intervalles, leur marche sans arrêt atténuent beaucoup les effets de l'artillerie. La ligne de tirailleurs plus rapprochée de l'infanterie ennemie en attire le feu sur elle.

Des vides se font dans les rangs des petites colonnes; les officiers font serrer; l'ordre est maintenu et le mouvement en avant s'accélère. A 400 mètres du hameau, la ligne de tirailleurs est reçue par un feu rapide des plus violents; elle s'arrête et y répond. Les échelons la rejoignent; malgré leurs pertes, ils sont solides et dans la main des chefs. Les tirailleurs cessent de tirer; à droite, ils se groupent dans l'intervalle des colonnes; à gauche, ils conservent une certaine avance, et, soudain, d'un élan rapide, tout le monde se précipite à la baïonnette. Les défenses du sud de la route sont emportées; le petit bois est occupé.

La présence des Français sur leur flanc gauche et le tir d'enfilade forcent les Allemands à se retirer en désordre sur Noisseville, Pour protéger la retraite, un capitaine du 4e régiment, bien que blessé, tente de résister encore dans la grosse ferme de l'Amitié. Après un court combat à la baïonnette, il est fait prisonnier avec 52 soldats. La Brasserie est évacuée; le chef du 2e bataillon en fait immédiatement occuper les lisières nord-est et garder la route de Sarrelouis.

La 3e brigade allemande, en position d'abord près de Rétonfey, d'où son artillerie avait tenté d'arrêter la marche du 95e, s'avançait sur trois lignes, en longeant le côté sud de la route de Sarrelouis. Elle avait pu jeter une compagnie dans La Brasserie et engager la fusillade contre le 2e bataillon; mais, arrivée trop tard pour prévenir l'évacuation du hameau, elle laissait un de ses

---

[1] M. le général de Rochebouët.

bataillons continuer la lutte de ce côté, en dirigeait un autre sur Noisseville et tenait le gros en réserve à petite distance.

La situation était critique pour le 2e bataillon du 95e, fort affaibli par le feu. Aussi, le colonel Davout, après avoir fait prévenir en toute hâte le général Clinchant du succès de l'opération, pour qu'il fasse attaquer le front ouest, amenait-il rapidement son bataillon [1] de réserve (3e), formé en ligne déployée pour éviter les feux d'enfilade. Une moitié du bataillon est établie sur la droite de La Brasserie, l'autre s'installe dans les maisons.

Ce renfort et l'intervention du 1er bataillon [2], qui a prononcé son attaque, dégagent assez les troupes de La Brasserie pour que, tout en résistant du côté de l'est, elles puissent diriger une grande partie de leurs efforts sur Noisseville, dont elles prennent quelques parties de l'enceinte d'enfilade et à revers. Elles contribuent ainsi au succès du 1er bataillon. Son attaque, bien que secondée par une batterie de mitrailleuses, avait été ralentie deux fois par la violence du feu. Elle réussit cependant à gagner du terrain; la compagnie de gauche, moins éprouvée, se jette résolument à la baïonnette sur l'extrémité nord de la tranchée-abri. Les Allemands l'abandonnent précipitamment et se retirent dans l'intérieur du village, mêlés aux Français, qui font irruption vers le sud; le cimetière, véritable forteresse défendue par 300 fantassins, est attaqué de front par des compagnies de droite, et, pris à revers par les feux de La Brasserie, l'ennemi est contraint de l'abandonner; tout le village est bientôt évacué. Deux compagnies se portent aussitôt à la lisière est; une compagnie occupe le cimetière; une autre, la barricade; les deux dernières sont en réserve dans l'intérieur. Les deux bataillons de La Brasserie continuent à tenir tête aux bataillons de la brigade de Mémerty.

A ce moment, des batteries allemandes, établies en arrière de Servigny, faisaient un feu violent sur La Brasserie et Noisseville pour nous empêcher de déboucher. Le colonel prescrit à une compagnie du 3e bataillon de tirer sur elles pour les forcer à s'éloigner. Le capitaine prend ses meilleurs tireurs et, au bout de vingt minutes, force les batteries à changer de position.

Il était déjà 6 heures 1/2 du soir, trop tard pour pousser sur

---

[1] Commandant Sorel.
[2] Commandant de Planchot.

Château-Gras ; la fusillade continuait, mais sans grande vigueur. Néanmoins, lorsque la nuit vint, deux bataillons du 95e s'étaient avancés jusqu'à 700 mètres au delà des villages.

Du côté des Allemands, le 1er bataillon du régiment Prince-Royal s'était retiré dans le vallon de Vallières, non loin de Noisseville. Trois compagnies du régiment nº 3 l'y avaient rejoint. Les deux bataillons du régiment nº 4 (brigade de Mémerty) qui s'étaient engagés contre le 95e, avaient renoncé à reprendre Noisseville. Le régiment nº 44 n'avait pas non plus réussi contre Montoy, et le gros de la brigade était réuni à 1800 mètres environ au sud-est de La Brasserie, sur la droite de la route de Sarrelouis.

Vers 9 heures, le 81e, jusque-là en réserve, est envoyé par le général Clinchant en soutien du 95e. Un de ses bataillons vient occuper la droite de Noisseville, les deux autres La Brasserie. Le 95e avait encore gagné du terrain. Le colonel Davout, entendant la fusillade (c'était celle de Savigny), veut se renseigner sur l'ennemi. N'ayant pas de cavalerie, il se porte, avec une section, en avant de ses bataillons et parallèlement à la route. Des tambours et des fifres se font entendre à une certaine distance, et en mettant l'oreille contre terre, on perçoit le bruit cadencé d'une troupe nombreuse en marche, qui s'approche par la route.

Le colonel fait immédiatement coucher la section sur la gauche de la direction suivie par l'ennemi, avec ordre de ne tirer qu'au moment où la tête de colonne l'aurait dépassée. Il fait déployer en même temps deux compagnies dans chacun des 2e et 3e bataillons, pour repousser de front l'attaque imminente.

C'était, en effet, un retour offensif de la 3e brigade. Elle s'avançait, tambours battants, formée sur deux lignes, les régiments l'un derrière l'autre, la gauche suivant la route.

Après une décharge à bout portant, la section embusquée se jette à la baïonnette sur le flanc gauche de l'ennemi, qu'elle met dans le plus grand désordre.

Au centre, un bataillon allemand parvient à s'approcher de Noisseville, mais la droite est fusillée par des feux croisés. Le général de Mémerty ordonne la retraite, et Noisseville reste définitivement au pouvoir des Français.

La relation allemande indique une seconde tentative de retour offensif vers 10 heures 1/2 du soir, mais aucun de nos rapports n'en fait mention.

II.

Dans les combats du 31 août, le sort des trois villages, que l'armée française avait pris pour objectifs, est très différent. Failly reste toute la journée aux mains du défenseur. Servigny est enlevé par surprise et repris par les Allemands. Seul, Noisseville est pris et conservé jusqu'au lendemain matin.

Le 95e, qui a opéré sans le secours d'autres troupes, n'avait pas plus de 1700 combattants. Il a perdu dans cette journée : 8 officiers tués, 5 blessés, 37 soldats tués, 186 blessés.

Sans parler du retour offensif tenté le soir par la 3e brigade avec cinq bataillons, l'ennemi a opposé : un bataillon du régiment Prince-Royal, nº 1 ; deux bataillons du régiment nº 4.

Leurs effectifs étant sensiblement au complet, ces trois bataillons devaient avoir 2,500 hommes au moins. Ils ont subi les pertes suivantes :

2 officiers tués, 8 blessés, 1 disparu ; 46 soldats tués, 218 blessés, 43 disparus.

Le rapport des pertes aux effectifs est sensiblement le même, 1/7e des deux côtés ; mais les Français ont combattu dans la proportion de deux contre trois.

L'état-major allemand ne cherche pas à atténuer l'échec de Noisseville. Il relève, au contraire, toute la gravité de ses conséquences possibles.

« La possession de Noisseville était absolument nécessaire aux Allemands, pour se maintenir sur la ligne de défense occupée. Le général commandant le Ier corps d'armée se bat sur la position avancée Failly — Noisseville et engage toutes ses forces sur cette seule ligne, sans choisir une seconde position de défense. L'idée de retraite ne lui vient pas. Si l'attaque de l'ennemi réussissait, toute son artillerie serait perdue et son corps d'armée dispersé. Comme il l'a dit lui-même, *il jouait pendant toute la bataille le tout pour le tout.* »

Nos adversaires attribuent la perte de Noisseville à différentes causes ; d'abord, à l'insuffisance des travaux exécutés : on aurait dû faire d'un point d'appui aussi essentiel « une forteresse capable d'être défendue jusqu'à la dernière extrémité » ; en second lieu, un front aussi étendu aurait dû être divisé en secteurs, ayant chacun son commandant désigné. De cette omission seraient résultées une certaine incertitude dans l'arrivée des rapports, dans la transmission des ordres et de l'hésitation dans le commandement des unités engagées.

Le fait est que la garnison de Noisseville n'a pas été soutenue par les troupes de la brigade (1re), dont elle faisait partie, pas même par celles de sa division. C'est la 3e brigade de la 2e division, appelée le matin de Courcelles-sur-Nied, sur un terrain nouveau pour elle, qui est venue au secours de Noisseville. Son intervention tardive n'a pu empêcher la perte de La Brasserie. Elle ne s'est pas engagée à fond. Elle a attendu 9 heures du soir pour prononcer un retour offensif, que ses tambours battants ont empêché d'être une surprise.

Il est permis de penser que, si le bataillon de Noisseville avait fait partie de la brigade chargée de le soutenir, il eût été secouru à temps et d'une façon plus énergique. Il y a là un enseignement à ne pas oublier, qui confirme le principe de faire fournir les avant-postes par les brigades à couvrir.

Ces critiques du rôle de la défense ne portent, en définitive, que sur des faits assez secondaires et souvent inévitables en campagne. Ils n'ont facilité que dans une faible mesure la tâche du 95e, et c'est ailleurs qu'il faut chercher les véritables causes de son succès.

Ce régiment, très entraîné, très bien commandé, avait déjà été mené plusieurs fois au feu par son colonel. De part et d'autre régnaient la confiance et le dévouement. Une attention particulière était apportée à l'alimentation. Jamais les hommes ne marchaient et ne se battaient le ventre vide. Le 95e se trouvait ainsi dans la meilleure situation matérielle et morale pour réussir, si les dispositions préparatoires étaient bien prises, si l'attaque était ordonnée à propos et vigoureusement menée. Toutes ces conditions ont été remplies à souhait.

Le commandement désigne, pour attaquer Noisseville, un régiment qui avait déjà occupé ce village et en avait parcouru les environs. Une reconnaissance peut s'avancer jusqu'à 200 mètres et rapporter des renseignements précis. Le point d'attaque est heureusement choisi. Tous les officiers connaissent le résultat à atteindre, les motifs des moyens employés. Dans sa petite sphère, chacun d'eux se sent responsable du succès. L'énergie et les efforts de tous sont décuplés et convergent vers le but final. Les formations tactiques sont parfaitement appropriées au terrain et aux circonstances du combat. Elles sont prises comme à la manœuvre, aux commandements réglementaires. Toute cause de confusion est ainsi écartée, et le sang-froid des chefs donne confiance aux soldats.

Le 1er bataillon, chargé d'une démonstration qui doit devenir attaque décisive à un moment donné, déploie trois compagnies en tirailleurs en garde, deux en colonne; la sixième est en réserve dans Lauvallier.

Le bataillon de réserve (3e), qu'il s'agit d'amener très rapidement à La Brasserie au secours du 2e, n'a pas le temps de faire un détour pour couvrir son mouvement. Il n'a plus à redouter, sur son front, les feux de La Brasserie, qui sont éteints ou à peu près, mais ceux de Noisseville sont très dangereux pour son flanc gauche. Il se porte donc de Lauvallier à La Brasserie en ligne déployée et prend la route de Sarrelouis comme axe de sa marche.

Le 2e bataillon doit exécuter une attaque enveloppante sur l'extrême gauche de l'ennemi. Pour qu'elle réussisse, il faut qu'elle soit brusque et très énergique. Les petites colonnes employées sont éminemment maniables; elles maintiennent les hommes dans la main des chefs mieux que toute autre formation. Pour les dérober le plus longtemps possible aux vues de l'ennemi, on profite du chemin couvert formé par les vallons de Lauvallier et de Montoy. Quand elles quittent le ravin, elles n'ont qu'à marcher droit devant elles, mais pendant 700 mètres et sous le feu. Elles sont séparées par des intervalles de 100 mètres et couvertes par une ligne de tirailleurs qui, seule, doit répondre au feu de la défense et ne commencer à tirer que vers 400 mètres. Canonnées par deux batteries, les colonnes souffrent de leur feu; si elles s'arrêtent elles sont perdues, mais, entraînées par leurs officiers elles n'hésitent pas, accélèrent l'allure, prennent le pas de course et enlèvent la position avec moins de pertes, que n'en subit le 1er bataillon à l'attaque du front ouest.

Le même résultat eût-il été obtenu avec des lignes déployées successives, dans lesquelles les hommes sont moins soumis à l'action des officiers, l'ordre plus difficile à maintenir, la marche plus lente, et l'effet moral sur l'ennemi moindre? C'est fort douteux. Devant une attaque comme celle du 2e bataillon, au lieu de sentir son courage s'exalter par les hésitations de lignes minces, qui s'arrêtent pour tirer et offrent un but très étendu, le défenseur s'inquiète en voyant s'avancer sur lui, avec une vitesse croissante, un ennemi décidé ne présentant que des buts fort restreints et dont le groupement le porte à s'exagérer le nombre. Il tire d'abord sur la ligne de tirailleurs plus rapprochée de lui ; quand arrivent les colonnes, dont les intervalles sont occupés par les tirailleurs, il continue à tirer sur tout le front et toujours droit devant lui. Les coups tombant dans les intervalles sont perdus ou à peu près, et chaque colonne, à moins qu'elle ne se jette dans un rentrant, n'essuie, en définitive, que le feu parti d'un front égal au sien.

La relation allemande permet de saisir cette impression du défenseur s'exagérant la force de l'assaillant. « Soudain, d'épaisses lignes de tirailleurs surgissent du vallon entre Montoy et La Brasserie, sur le flanc gauche de la position, et se jettent d'un élan rapide sur les bâtiments du sud de la route. Le 3e peloton bat en retraite, le 8e peloton et la 2e compagnie du régiment no 4 sont également forcés de battre en retraite. »

« Ces masses épaisses », ce sont trois petites colonnes de 150 hommes, précédées par un rideau de tirailleurs de même force. Malgré ses feux violents, leur élan décide la retraite du défenseur. Celui-ci eût-il été impressionné de même par des lignes déployées ? Non assurément.

Déjà, il y a vingt ans, on était armé de part et d'autre du fusil à tir rapide ; mais l'artillerie allemande était pourvue d'un matériel supérieur au nôtre. Cette inégalité a cessé. Les progrès réalisés des deux côtés dans l'armement de l'infanterie ont accru la rapidité, la portée, la pénétration, et donné à la trajectoire une tension, qui permet de se passer de la hausse, au moins jusqu'à 400 mètres. Malgré les grandes portées obtenues, la difficulté de régler le tir de l'infanterie le rendra presque toujours incertain aux grandes distances. Elles exigent l'action de l'artillerie. C'est en profitant de tous les abris, de tous les rideaux à utiliser successivement, c'est par la rapidité des marches en avant, par des formations peu profondes, à fronts peu étendus, séparés par de larges intervalles, que les troupes pourront se soustraire aux coups de l'artillerie ou en atténuer les effets.

A partir de 800 mètres, tous les perfectionnements réalisés dans le fusil moderne ont leur plein effet et se traduiront par des ravages incomparablement plus meurtriers que par le passé. Mais il faut tenir compte aussi d'une préparation de l'attaque beaucoup plus puissante et plus efficace par l'artillerie, de la protection que les batteries pourront donner aux colonnes d'assaut jusqu'à 500 mètres, et des grosses pertes que subira la défense.

L'armement nouveau nécessitera donc l'emploi de forces plus considérables que par le passé, pour obtenir un résultat déterminé. Pour enlever un poste comme celui de La Brasserie défendu par deux ou trois compagnies, un bataillon à faible effectif ne suffirait pas. On y emploierait deux bataillons ; le premier, opérant en ligne déployée, couvrirait le mouvement du second, comme l'a fait la ligne de tirailleurs du 95ᵉ. Il supporterait les plus grosses pertes, mais préparerait l'attaque du bataillon suivant, et, celui-ci formé en colonnes de compagnie, à grands intervalles, ne se trouverait pas tellement affaibli, qu'il ne puisse, vigoureusement enlevé, se jeter sur l'ennemi à la baïonnette et le chasser de la position. La formation prise en 1870 conserve donc toute sa valeur.

C'est au commandement à juger, si la résistance de l'ennemi est assez usée pour pouvoir tenter l'assaut, et si des circonstances particulières, telles que la distance à parcourir sous le feu, la sécurité des flancs, imposent l'emploi d'une formation de préférence à toute autre. Toutes les fois qu'il sera possible de faire prendre à la troupe d'assaut une formation à rangs serrés, donnant aux cadres leur maximum d'action sur la troupe, ce sera un gage de succès.

Paris. — Imprimerie L. Baudoin, 2, rue Christine.

PARIS. — IMPRIMERIE L. BAUDOIN, 2, RUE CHRISTINE.

www.ingramcontent.com/pod-product-compliance
Ingram Content Group UK Ltd.
Pitfield, Milton Keynes, MK11 3LW, UK
UKHW020230200726
13856UKWH00004B/1688

9 782013 667845